KB119484

여전히 음악처럼 흐르는

여전히
음악처럼
럼
흐르는

시인수첩 시인선 011

신혜정 시집

문학수첩

안개가 모든 풍경을 메우던 그 밤
눈앞의 전부는 오직 당신뿐이었으므로
우리의 옷에 스민 습기마저 달콤했다.

모든 안개가 걷히고
달콤하고 불안한 습기로 가득했던 그 자리가
본디 신의 자리였음을 알려 준 이스탄불.
아잔 소리를 들으며
지난밤의 일이 아득해 자꾸만 뒤를 돌아보았다.

어쩌면 그렇게 꿈같은 것들.
잊히지 않은 꿈의 한 장면처럼 남는 것들.

안개가 걷히고 다시 안개가 겹치고
뜨거운 태양 아래 남겨지는 축축한 흔적
이생과 다음생의 희뿌연 간극……

우리는 그렇게 증발한 순간이 서늘해 자꾸만

뒷덜미를 쓸어내린다.

같은 시공간에 머물며 아슬하게 비껴간 그 자리를 이제
신들에게 내어 줄 때.

초록과 무성함,
다가올 계절들의 시간이 온 것이다.

2018년 4월
신혜정

| 차 례 |

3부

4부

1부

숨바꼭질

달빛이 아무리 환해도
나를 찾지 마세요

이 쪽지를 십만 년 후에 읽어 주세요

죽음과 진화의 사이에서
나를 찾아도 당신은

나를 찾은 것이 아니에요

먼지벌레

따갑다고 말을 할까 뜨겁다고 말을 할까
이런 지독한 가뭄은 처음이야

입안에 털어 넣은 가루약
미숫가루처럼 수수수 떨어지는
풍경, 풍경, 풍경……

나는 어제 잊어버린 기억
잃어버린 기억이 어디에 쌓이는 줄 아니?

기억을 말리는 강렬한 볕
산 채로 날아가는

기억엔 언제나 습기가 가득하지
그래서 잃어버린 기억은 구름으로 뭉게뭉게
뭉개지는 법을 터득하고

그리고 일 년이 흘렀다

그것이 도무지 믿기지 않아 아무래도
풍경에서 잘린 한 조각
나는 일 년 전 잊어버린 기억

그것을 둔중하다고 해야 할까 짓누른다고 해야 할까
죽을힘을 다해 발버둥 칠수록
수수수, 일어나는 이런
지독한 기억은 처음이야

발밑에 쌓인 햇살, 강렬하게
날리는 오후

유연

누군가 4차원을 말할 때 나는 지우는 차원을 생각한
다 1차원의 세계에서 한 줄로 이어진 서로 다른 색깔의
나와 너 라인랜드—라인랜드—꼬리가 꼬리를 무는 놀이
동산에 간 것처럼 우린 한 줄에서 줄줄이 이어진 사탕같
이

네가 나를 알 수 없다고 말할 때 나도 도무지 나를 알
수 없어서 모두를 지워 버린다 뻣뻣하게 굳은 관절과 살
의 사이에 기름칠을 해 보는 일 뼈를 모두 발라내고 그
사이에 붙은 살들을 긁어내고 발굴하는 작업 분리된 살
들이 연하게 숙성되는 시간 동안

잘 바른 양념처럼 나는 온순해지고 싶다 숙성된 시
간 속에 잘 재워 두고 싶다 보고 싶다, 만지고 싶다, 그
립다, 문장으로 만들어지는 감정의 뼈 손이 바닥에 닿지
않는 시간을 살고 있어

생각은 조금 더 멀리 뻗을 수 있지만 그것은 손을 뻗

은 자리보다 조금 앞설 뿐 발골된 감정들이 정체도 없이 라인랜드에 한 줄로 갇혀 있어 서로를 눈치채지 못하고 빨강 파랑 노랑 보라 놀이동산에서 달아 준 손목의 표식에 따라 한 칸 한 칸 걸어가지

차원을 하나씩 끊어 버려—0으로 동그랗게—몸을 말고 단절이 없는 세계에 몸을 집어넣어—뼈와 살 사이에 숙성된 시간들이 잘 달라붙도록—나와 너는 등을 댄 채 서로를 향해—잡을 수 없다면 다시 마주 보고 0의 차원에서—폐장 시간이 지나도 떠날 수 없어—시작이 곧 끝이니까

한밤의 정적 속 기척도 없이 밀려오는 담배 연기처럼, 거기, 누가 내게 손을 뻗었니?

우주정거장

#station. 1

자유낙하하는 비행체에 올랐지

우리는 무한의 속도로 떨어지는 중

같은 속도로
같은 속도로
자유낙하하는

두 개의 비행체에 있지

나는 이쪽에 당신은 그편에

#station. 2

흑점의 부근을 지나며

20

양자역학이 얼마나 뜨거운 학문인가를 생각한다

시도되지 않은 열망들을 흘려보내며
미시세계를 기웃거린다

엔트로피가 극에 달한 물의 중심에
있는 사람처럼

표정이 녹아내리기 전

복사열의 한가운데를 긁는 심정으로

#station. 3

나는 이쪽 당신은 그편에서
바라보았네

같은 속도로
같은 나락으로

블랙홀의 지평선에서
온도가 정점을 찍을 때까지

우주의 반대편에서 우리가
소실점으로 사라지도록

무한으로 깊어지는 중

같은 속도로
같은 낙원으로

몇 겹의 우주가 하나의 끈으로 연결되었고 바라보는

눈 속에 내가 있네

비행하는 중 우리는 우리의 비행을 알지 못하고

가령,

못 일어나고 안 가거나
안 일어나고 안 가거나
일어나고도 안 가거나

매일 아침 늦게 일어날 수십 가지
가능성에 대해 상상해 보는 건데

뜨거운 화로를 곁에 둔 것 같은 여름밤

말레이시아에 나만 남겨진 꿈을 꾸었어
다 가고, 당신도 가고……
더듬더듬, 꿈자리를 더듬으며 끈적하게

달라붙는 잠을 떼어 내고 눈뜨는 아침

가령,
사랑에 빠졌다거나
쿠알라룸푸르에 혼자 남겨졌거나

생경한 언어
낯선 풍경들 사이에서 일어날 수십 가지
가능성에 관한 한 같다는 건데

멀리 눈에 띄는 히잡의 색에 매료되어 그것을 잡으려 손
을 뻗어 보는 상상

히잡을 두른 여인을 따라가는 시선
나의 앵글엔 오로지 욕망을 향해 뻗은 손가락만 잡히고

더 이상 말레이시아가 아닌 명동이거나 가평이거나 춘천
이거나
소양강의 안개 속이거나

시선의 끝에는 부드러운 감촉이
손가락 끝에는 우기의 습도처럼 잠에서 덜 깨어난 열망
이

그것은 가령,
쿠알라룸푸르에 혼자 남겨졌거나
그곳에 흘린 마음이거나

키스

찰 찰 찰

손을 댄 것뿐인데, 어느새
물속이었다

아가미를 벗어던진 두 마리
짐승이었다

$E=mc^2$

그것은 빠져나갔다
축제를 마친 풍선처럼 느슨해졌다
결국 한때 부푼 적조차 없었다는 듯 평평해졌다

입학식 때 맞춘 교복의 허벅지가 꽉 죄어 오고
가슴에 몽우리가 질 때
처음 입은 속옷이 어색해 자꾸만 등에 손이 갔다
툭툭 올라오는 꽃봉오리처럼 살결이 터졌다

처지는 가슴과
툭툭 옷 위로 새는 세월을 주워 담느라
시간이 시나브로 갔다

초경이 시작된 여자애의 얼굴이
불혹의 거울을 발그레 마주 본다

이곳에서 우리가 악몽을 꾸며 몸을 동그랗게 말 때
저편의 시간은 악몽에서 깨어난 사람의 얼굴로 부푼다

이곳에서 소멸을 예기할 때
저곳은 태어나고 부풀고 피어난다 피식피식

웃음처럼 터지고
바람처럼 샌다

방금 악몽에서 깨어난 사람에게
지금 막 잠에 들려는 저편의 시간이 손을 흔든다

나도 모르게 흘러나온 방귀처럼
베개 자국처럼 선명한 악몽의 표정으로

축제가 끝난 자리에 남은
풍선이 홀로 붉다

상대성이론

나는 점점 작아진다
제철이 된 오늘의 옷은 점점 커지고
나는 점점 얇아진다
투명해져서 장기가 드러나 보일 정도다

어제 내가 입었던 것은 철 지난 옷
계절이 사라진 것을 이제 알았다

관절 마디가 뚝뚝, 소리를 내듯
오래된 것들이 소란스럽다

살아 있는 것들
그것은 어제 있었던 일

새로운 계절이 열리고
모든 지나간 달력이 말을 건다
그것은 오늘의 일

귀를 열어
내가 아닌 다른 곳을 들어 보라

내일의 관절이 똑똑
문을 두드리는 것을

블랙홀은 털이 없다˚

어제 입은 바지처럼
조금씩 낡아 갑니다

늘어난 스타킹에 몸을 끼우듯
다시 어제를 입습니다

눅눅한 빨래가
줄 위에서 어깨를 떨굽니다

영화를 계속해서 돌려 봅니다
장면을 외우고
대사를 외우고
삭제된 장면을 외웁니다

창으로 떨어지는 빗방울,
안단테에서 알레그레토로 변하는
순식간의 착상

배란일에 하는 섹스처럼 아슬하게 목에 걸린
나의 어제를 입습니다

어제의 무릎이
나를 꼭 닮아 있습니다

* '블랙홀'을 명명한 물리학자 존 아치볼드 휠러의 말.

암흑을 바라보는 여자의 초상
—캔버스에 구아슈, 수채화풍으로

  자전거를 타고, 쳇바퀴를 돌아요. 속력은 계속 오르는데 제자리인 걸 깨닫는 건 먼 미래예요. 디지털 계기판의 카운터가 올라가고 온몸에 땀이 흐르는 건 유산소운동의 효력. 미래였는지, 과거일지, 언제부터인지, 쳇바퀴를 멈출 수가 없어요. 굴리고 굴리면 시간이 점점 불어나죠. 나의 바퀴엔 중력이 닿을 수 없는 시공간이 생겨요. 시간이 휘어지는 곳에서 나, 틈이 있다면, 그 기회를 잡아요. 시간과 공간 사이를 비집고 들어가면 거기 잘린 약속들이 있을까, 뱉은 말이 있을까, 나를 꼭 닮은 내가 있을까. 생성과 소멸은 늘 같은 말이라고, 달리고, 달리는 일이, 영영 멈출 수 없는 일이, 생각하는 동안, 바퀴가 빛의 속도로 팽창해요. $10^{10^{28}}$미터[*] 지구의 중력이 미치지 않는 곳에서 물처럼 단단해져요. 어디론가 빨려들어 가요, 멈출 수 없는 오, 결국 삶이여. 그곳 어딘가에서 나 잠깐 쉬어 가도 될까요. 틈을 비집고, 그 기회를 잡아요. 물처럼 단단해진 나, 시간을 만져요. 그것이 아무 의미가 없다는 걸 깨닫는 건 언제나 먼 미래예요. 또 다른 내가 손에서 후루룩 빠져나가는!

* 우주표준론에서 제시하는, 나의 가장 가까운 도플갱어를 만날 수 있는 아득
  한 거리.

고양이춤

꽃과 나비와 벌에 홀린

한낮의 햇살 한줌

커다란 하품이 불러온 바람

투명한 금빛 수정

오래도록 공들여 다듬은 검은 붓의 감촉

담장 위를 간질이는 핑크

허공을 응시하는 먼 옛날을 위해 남겨 둔 물감

쓱쓱싹싹 세상의 모든 슬픔을 삼키다가

지루한 건 못 참아 하이힐을 벗어던진 여인처럼

하늘색 캔버스 위로 훌쩍 날아가는 말랑한 실루엣

나무 중력 대신 나비 속의 포화

나무가 가지를 떨어뜨리고
나비는 날았다
새는 비껴가고
한밤 헤드라이트에 비친 고라니의 동공
눈빛이 번쩍하고 마주친 순간

나무가 가지를 세우고
나비가 앉았다
새는 하늘로 솟구치고

중력이 사라진 자리에
잠시 머물다 가는 것
심장이 공중으로 붕 뜨고

중력의 반대 방향으로 가지가 자란다 그것은
죽을힘으로 시간을 거스르는 것

이미 마음이 뻗어 간 것을 나중에 아는 것

뇌의 한쪽 혈관이 경직되고
심장이 철렁 내려앉은 자리로
백 마리의 나비가 비상한다

비로소 뻣뻣한 뒷목을 만지며
고라니가 사라진 방향을 응시하는 순간

나무가 하늘을 가르고
갈라진 틈으로 새의 길이 생긴다

껌을 씹는 오후 네 시

어쩌자고 벌어진 그 입에 나를 담갔을까

달콤한 향기였나

고운 것엔 언제나 손이 간다 입에 넣고 싶다 달콤한
말들이 퍼지도록 오래오래 씹고 싶다

봄날의 꽃 같은 거였나 돌아보면 이미 지고 없는 바닥
에 질겅질겅 밟히는 어쩌다 태어나 다음 생의 거름도 될
수 없는 청소부의 비질에 폐처분될 운명을 타고난, 꽃잎
같은 거였나

어쩌자고 벌어진 마음을 들여다봤을까, 목련이 진 자
리

손을 뻗는 자리마다 바람의 살결이 닿는다

이미 봉합된 벌어진 살점

시간이 하나의 차원을 툭, 하고 뱉어 낸다

7번국도

그날 함께 본 일출을 기억하십니까 고성에서 밑으로, 밑으로 내려가면서 우리는 아무 음악도 틀지 않았지요 멀리 걸어오는 저 사람의 투명한 윤곽 걷는 자의 쓸쓸함 낭만은 오로지 풍경에만 있을 것 같은 유배의 시간 그곳에 다다랐지요 우리는 오로지 아름다움에 대해서만 이야기했습니다 영원을 살아 보지 않은 자의 미숙함으로 몇 억 광년일지 모를 시간을 헤아렸습니다 유성우가 하늘을 가르며 떨어졌습니다 순간의 반짝임은 이미 오래전에 죽은 불빛이라고, 당신이 말했습니다

죽은 불빛으로 반짝이는 그곳의 바다는 여전히 아름다워서 나는 해안선 위로 떠오르는 태양에 마음을 빼앗겼지요 짭조롬한 바람을 머금은 갯완두가 하늘거렸지요

유배된 해안선에서 오래전의 그리움이 떠오릅니다 당신이 만약 그곳에 있다면 우리가 어떤 오늘을 만들었는지 오랫동안 침묵했던 자의 고독처럼 영원히 잊지 말기로 합시다

여전히 음악처럼 흐르는 바다를 듣기로 합시다

2부

낮은 자의 경전
—물의 노래

어디로 가야 하는지 알지 못했습니다 그 흐름의 끝이 어딘 줄 모르고 속도를 탓했던가요 바람이 불 때마다 바람의 자국이 남았습니다 자국을 없애는 일이 그저 쉬운 일이라면 계속 기꺼이 흘렀을까요 고이면 안 되는 일이 숙명이었듯 잠깐 머문 당신이 남긴 자국, 아무도 모르게 감추는 나는 흘러가는 구름이고, 눈이고, 우박이고, 서리고, 이슬이고…… 대지를 덮히는 태양입니다 내가 아들을 낳고, 아들이 아들을 낳고, 아들의 아들이 아들을 낳고, 아들의 아들의 아들의 아들이 아들을 낳고…… 아들의 아들의 아들의 아들의 아들들이 태어날 때마다, 나는 낮아졌습니다 그것은 내가 남긴 자국을 하나씩 지우는 일이었습니다 그리고 세월이 흘렀습니다 강이 깊었습니다

낮은 자의 경전
-기원

나는, 낮아지고 낮아지고 낮아져서 낮게 흐르는 물이니
세상 어디에서도 더 낮은 자 만나지 못하리라

햇살 비추는 수면에 생각을 기대고 부유하는 먼지니
세상 어디에서도 나보다 더 가벼운 자 만나지 못하리라

시냇가에 뿌리내린 한 포기 풀이니
내가 가른 물살
저기 먼 바다의 파도로 살아나리라

나와 당신이 마주한
숨이 숨으로 이어지는 순간

먼지와 물의 접면에 닿은
햇살의 은밀함으로 눈멀고

눈멀어 그냥
흐를 뿐

최초의 내가 한 일
낮은 울음이니

나는, 해가 닿지 않는 해저
깊은 그 아래서 흐르는 노래이니

낮은 자의 경전
－바다를 위한 송가

1

그날의 밤이 지나고 나는 영혼의 증식에 대해 생각합
니다

많은 애인들을 안아 보았지만

무한히 증식하는 영혼은 그들을 단비처럼 고르게 사
랑하였습니다

옥수수처럼 가지런하게 사랑하였습니다

침대 위에서의 사랑을 기약할 수 있겠습니까 무릇 다
음 날 아침 여관방의 후텁하고 진득한 냄새들이 달라붙
은 속옷처럼 나는 영혼의 표면에 대해 생각 중입니다

그곳은 공사 중입니다

장마에 쓸리고 깨진 보도블록들처럼 이 무게를 감당
할 수 없다면 조금만 부서져 주십시오

2

이 밤의 네온사인은 불안한 고양이의 눈빛처럼 흔들립
니다

는개에 싸인 골목에 가로등이 켜집니다

어둠이 빛의 속도로 달아납니다

고양이 울음이 미처 감추지 못한 꼬리처럼 떠나지 않습니다

가방이 는개를 흡수합니다

옷들이 는개를 증식시킵니다

어둠이 꼬리를 감춘 이 골목에서

나는 온몸으로 울어 보는 중입니다

가로등 빛이 울음 밑으로 가지런히 정렬됩니다

3

파도가 되어 주십시오 포말을 일으키며 나의 무게를 받아 주십시오

그곳은 언제나 공사 중입니다

울음은 울음으로

영혼은 영혼의 표면으로

흔들리고 부서지고 깨지면서 다시 태어납니다

낮은 자의 경전
-나무

당신을 안아 본 적이 없다

나의 가슴이 당신의 심장에 닿아
뜨거운 날것이었던 적이 아직 없다

늘 태양은 역광으로 망막의 센서를 통과하지

모르는 사이 그림자처럼 슬그머니
곁에 오는 당신
뒤에서 가만히 날 안는다
검은 실루엣으로만 나를 통과한다

가슴과 가슴이 닿고
어깨가 서로의 어깨를 받치고
등 뒤로 닿는 손의 감촉을
쓰다듬은 적이 없다

한 번도 마주한 적 없는 당신이 나를

계몽하는 방식이다

떨어지는 잎사귀 하나 잡지 못하는 내 손은
언제나 물이 마르지 않고

낮은 자의 경전
—히키코모리

세상은 분석되어지는 것

누구에게도 나를 분석하라고 강요한 적 없다

쉽게, 너무도 쉽게 혼자 남겨지는 것은

봄날 비가 떨구고 간 노란 꽃가루들

더럽게 아스팔트 위를 떠다니는 치욕

모두 같은 색의 옷을 입고 혼자가 되어 하수구로 흘러
가는

각각의 분자들은 분석되기를 기다릴까

우리가 허무에 대해 말할 때

골방에 갇힌 무채색에 대해 말할 때

천사도 악마도 될 수 있는 비등한 세계에 대해 말할
때

아브락사스, 라고 발음할 때

수음으로도 몸속의 분자들이 곤두서는 기분을 어찌하
지 못할 때

나는 어쩔 수 없이 하수구로 흘러든다

새가 알을 깨고 부화하는 꿈을 꾼다

당연해서 당연하지 않은

분자는 분석되고 하나의 원자로 회기한다

세상의 모든 오수들이 같은 색의 옷을 입고 골방으로

밀려들기 시작한다

낮은 자의 경전
—옵스큐라*

거기, 그대로 있는 것이 있다

도축된 동물들의 울음소리를 끌어안고
그대로 있는 것이 있다

어느 날 나는 관 같은 당신의 구멍으로 삼켜지기 위해
기다리고 있었다

액체로 가득 찬 방이었다
나와 액체의 부피를 더하면
그 방의 부피가 계산되었다
한 발짝도 이탈할 수 없는
그것은
그것이었다

구멍을 상상하는 동안
방향이 수시로 바뀌었다
일차선도로에서 트럭을 추월하듯

멀미가 났다

동물들의 울음소리가 거꾸로 매달렸다
울음소리를 계산하자 죽음의 부피가 계산되었다

액체의 밀도가 찝찔하게 혀끝에 닿았다
멀리 빛이 보였다
사방이
사방이었다
잠시 그림자를 벗어야 했다
어둠이 그림자를 감추자
빛의 부피가 계산되었다

거기, 그대로 있는 것이 있다

그림자를 벗어 본 사람만이 안다
그대로 있는 것이 있다

* 라틴어로 '어두운 방'.

낮은 자의 경전
―연대하고 수색하고 대화로 이어지는 수상한 버스의 기록

　책을 읽는다 아직 활자가 되지 않은 얼굴들을 읽는다
두 겹 세 겹으로 보이는 난시 같은 시대를 읽는다 고문
으로 불었던 동료의 이름, 허위 자백 같았던 내면을 읽
는다 얼굴들이 떠오른다 유리창 위로 둥둥 떠다니는 삼
쌍둥이의 나를 읽는다 어쩌면 좌우는 비대칭들이다 그
건 어쩌면 나의 왼팔이 당신의 오른쪽 옆구리에 닿은 순
간이다 아직 읽지 않은 책 활자가 되기 전의 고요 같은
순간 수많은 예수들을 십자가에 못 박았던 광폭의 역사
부활하기 전의 수상한 엄숙들

　오른쪽 옆구리에 난 상처가 근질거린다 당신의 균형이
미세하게 중심을 잃는다 순간 땅이 푹 꺼진다 당신의 심
장과 어깨와 근육과 내장들이 공기 중으로 불안하게 사
라진다

낮은 자의 경전
—흰나비로 밥을 짓다

아픔에는 결이 있다 밀도의 층위마다 결이 생긴다 나는 416가지 층의 어느 곳엔가 있다 충만해서 끼어들 틈이 없는 결에 있다 움직이면 무너지는 꽉 찬 공간을 물은 간단하게 밀고 들어오지 물결을 이루어 이곳에서 저곳으로 자꾸 옮겨 다니지 물 위에선 와르르 무너져도 무너지는 게 아니지 여전히 그 결은 흐르고 침범하지 숨이 막히지 언젠가 뒤도 돌아보지 않고 이별을 말했던 적이 있다 이승과 저승의 연결점이 입속에 가득 채운 쌀 한 되로 마감되는 꽉 찬 슬픔의 층위를 본 적이 있다 먹고 사는 일 대신 쌀들이 축축하게 젖은 흰나비가 되어 하늘을 날아가는 걸 본 적이 있다 그 나비들을 꺼내 눈물로 밥을 지어 먹고 싶던 적이 있다 돌아보는 건 언제나 겹겹의 아픔을 동반하지 416의 416곱 번이라도 돌아볼 때마다 아프지 물로 가득 찬 부피의 공간이 다시 간단히 물밀듯 허물어지는 것처럼

낮은 자의 경전
—침대가 있는 방

쯔비센 미테* 구함.
침대, 소파, 테이블, 텔레비전, 옷장, 주방 식기
인터넷, 하이쭝**
모두 있음

몸만들어오시오

임대 광고를 이정표 삼아
세상의 수많은 방을 오갔다

우주로 이어지는 길을 원했으나
문을 열면 또다시
새로운 방으로 연결되었을 뿐

언어를 모르는 나라에서 자칫
이사를 출구로
잘못 읽을 뻔했다

허물어지는 아이스크림

혹은 끈끈한 엿 같은

속수무책

방은 끝없이 방으로 이어지고

* 단기 임대라는 뜻의 독일어.
** 독일의 주요 난방 기구.

낮은 자의 경전
—들에서 부르는 노래

땅에 떨어진 밥을 먹는 것은 들개의 습성이라
흙이 묻은 것쯤 개의치 않았다
가슴이 터질 때까지 달려 기차역에 이르면 멀리 황지천
사랑은 땅에 떨어진 밥만큼 흔한 것이었고
밤은 쉽게 왔다
탄광이 빠진 자리, 솟아오른
사방이 들꽃이었다
나는 그렇게 떨어진 꽃
흐드러진 계절 기차역에서 오가는 사람들을 보았다
저마다 사연이 있는 보따리들을 들고 이고 사라지거나
이따금 밀려오던 사람들
전날 아비가 엎어 버린 술상처럼
시대는 지나치게 전복적이었다
한때 넘쳤던 것들의 흔적을 보는 것
빈집의 깨진 유리창을 기웃거리듯
어머니에 대한 그리움 또한 흔했으므로
나는 아버지의 밥상을 뛰어넘어
나를 전복했다

주소를 버렸다
이름을 버렸다
스스로 다시 태어나야 하는 시절이었다
그리고 기차에 올랐다
누가 던졌든 상관없으니
죽을 때까지 지천에 널린 사랑을 넙죽넙죽 받아먹고
싶었다

낮은 자의 경전
—사생아

이것은 정처 없는 유랑의 이야기

바람을 어머니로 태양을 아버지로 대지와 물을 형제자
매로 받아들인 페르세우스

백 일을 견디지 못하고 동굴을 나간 호랑이가 낳은 단
군의 아들

신도, 짐승도, 인간도 아닌

나는 내 삶의 사생아

바람이 부는 대로 떠돌고, 태양이 뜨는 곳을 향해 몸
을 누이고

언어도 없이, 솟아오르는 은유도 없이

광야의 예수가 되었다가

피라미드를 건설하는 인부가 되었다가

저 살인 같은 태양을 몸으로 흡수하는 낙타가 되었다
가

우우우— 온몸으로 우는 소리가 되었다가

누군가의 DNA가 되어

아르고스 아르고스

내면을 탐하는 백 개의 눈이 되었다가

아름다운 안드로메다여
다른 은하와 사랑에 빠졌다가
스스로 분열하는 두 개의 분자
비행하는 대기가 되었다가
스스로를 부정하는 진공이 되었다가
무한한 다음 생을 준비하는 고요가 되었다가

생이 가장 치명적 오류로 남은 이것은,
나의 유랑 이야기

낮은 자의 경전
-승냥이*의 시간

우주는 한 번도 별을 흘린 적이 없지만 우리는

오래전 죽은 별들이 눈앞으로 쏟아지는 것을 보네

그것은 어쩌면 몇 억 광년 전 우주가 쏟아 낸 눈물

곧 무너질 위태 속에서 밝게 빛나야만 하는 것들이 있다

어지러워도 늘 반듯한 사각이어야 성립되는 큐브처럼

질서는 무질서 속을 위태롭게 건넌다

치열하게 영원의 시간을 약속하며 별들은

뜨겁게 빛나고 오랫동안 눈물을 흘리네

봄꽃보다 분주한 시간을 보내느라

여름이 이미 지났음을 나중에 깨닫게 된 어느 해

별이 흐르는 자리마다 계절이 바뀐 곳에서 불어오는 바람
처럼

시리고, 이가 빠져나간 듯 자꾸만 혀로 확인하게 되는 것

우주는 한 번도 별을 흘린 적 없지만

앞으로 당도할 계절에 죽은 이의 사연처럼 우리는

미치도록 쏟아지는 별을 보네

• 승냥이는 현재 멸종 위기에 있다.

낮은 자의 경전
－누구일까

그날 새벽 거기에서 죽은 그 여자는 누구일까

차의 헤드라이트를 향해 돌진하는 고양이처럼

빛 속으로 빨려 들어간 그 여자는 누구일까

아스팔트 위에 핏물과 이탈한 심장으로

생의 더운 입김을 올려 내던 그 여자는 누구일까

블랙홀이 태초의 빛이 행성 간의 충돌이 평행으로 달리던 시각

사각사각 남편의 아침 밥상이 아이의 도시락 반찬이

퇴근길의 장바구니가 매일 오가던 새벽기도의 성경책이

갚지 못한 할부금이 제때 치료해 주지 못한 아이의 충치

가 남루하게 공중으로 흩어지는 걸 바라보던 그 여자는

누구일까

순백의 자국—여기, 그녀가 잠들다

아스팔트 위 검은 휘장에 생의 무늬를 새겨 놓은

그 여자는 누구일까

낮달이 누렇게 뜬 날 수직강하 하는

슬픔을 占치는 나는 또 누구일까

3부

밤이 열매처럼

젖꼭지가 환하게 부풀고
보름달이 떴다
도마뱀이 걸음을 멈추고
부조처럼 우리는 벽에 기대
달이 만드는 그림자에
오래도록 입 맞추었다

우리는 우리의 몰락 앞에 유적이라
이름 붙이고

나는 당신에게서 여름을 배웠는데
겨울이었다
가을이나 봄은 이미
몰락한 왕조처럼 지루했다

쌍꼬리부전나비 애벌레와
마쓰무라꼬리치레개미*
서로를 키우며 비껴가는 세월

한밤의 적막 속, 물밑으로
지느러미 달린 것들

갈대숲 사이
눈을 감으면

안으로 젖은
오래된 슬픔이 알을 까고 나와

내장부터 보이며 시작하는 사랑
젖은 환부가 움직이는 소리

출렁,

출렁,

* 공생관계인 이들은 개미가 애벌레를 사육하고, 개미는 애벌레가 배설하는 환
  각 물질을 먹으며 번데기가 되기까지 함께한다. 쌍꼬리부전나비는 현재 멸종
  위기에 있다.

우리끼리의 핑퐁 게임

상처가 아문 자리들을 눈으로 쓰다듬는다
그 자리가 부드러워 잠깐 놀란다

동공이 텅 빈 미라의 내부같이
아래로 아래로 추락하는 꿈처럼
데린쿠유로 들어가는 길은 좁고 가파르다

종교의 박해를 피해 깊어진 이들
 식당, 무덤, 화장실, 방, 교회, 벽화, 사람의 뼈, 비둘
기가 옮기고 간 서신들……, 미로같이 연결되는 그것을
흔적이라고도 하고 유적이라고도 하겠지만, 잠시 참담을
엿본다

암석을 부수는 손, 흙에 잠긴
손들이 마구 얽힌 막막함처럼 때로 출구가 없어
우리는 막다른 길로 가는 선택을 할 때가 있다

서로를 부둥켜안고 화산재에 묻혀 그대로 화석으로 남

을 낭만을 꿈꾸기도 한다

미로를 완성하는 방식으로
손의 생채기가 아물기 전 활성단층 위에
견고한 성을 짓는다

화산과 지질 활동이 지나간 곰보 같은 흔적들 카파도
키아*

감촉들은 혀에 대자마자 샤벳처럼 녹아 감쪽같이 사
라질 것이다

* 환상적인 경관으로 유명한 터키 중부에 있는 지역. 데린쿠유는 '깊은 우물'이
란 뜻으로 이곳에 건설된 지하도시를 말한다.

달 스위치

발뒤꿈치에 굳은살이 생기도록
희박한 공기 속을 걸었다

해발 4,500미터 판공초

디젤발전기가 툭툭툭 돌아가는 마을
잠깐 불을 밝히면
검은 매연도 함께 솟아오르는 곳

어쩌면 그것은 오래된 미래

모든 전원이 상실되고

빛은 어둠 속에서
스스로를 밝힌다

비로소
달의 스위치를 켜는 시간

백수해안에도
같은 달이 떴을 것이다

가장 잘 울어 보겠습니다

공허에 태양이 있다
그 얼굴이 붉어진 것을 아무도 알지 못한다
전화기 너머로 오늘의 태양이 붉다고 말하자
붉은태양입니다라고 고쳐 말하라는 지시가 온다
그것은 붉은태양입니다라고 말하자
붉은 태양이라고 띄어쓰기를 해 준다
결제자는 고치는 사람
고친 것이 상부에 올라가 다시 한 번 고쳐지길 기다리
는 동안
국수처럼 대화가 뚝뚝 끊긴다
기획자는 없고 결제자만 있는 세계에서
잘린 말들이 공중에 뜬다
지시는 파도처럼 내려오고 거듭 밀려오면서
가장자리를 부순다
매끄러운 것들로 변하지 않으면 우리는
모일 수 없는가
파도가 마음의 가장자리를 맴도는 동안
공허에 걸린 단절의 마디마디

소리에 시절을 빼앗긴
잔상들로
눈이 부시다

잘린 곳들에서 붉게 물이 번진다

관상

단명할 얼굴로 태어나 걱정으로 배를 불리며 백수를
누린 이의 사연처럼
어떤 희극은 우리 주변에 붙어 있지 그림자처럼
바로 울 수도 있는 그런 자리에

만 원짜리에도
오만 원짜리에도
백 원짜리에도
돌고 돈다 죽은 사람들이

죽을상으로 태어나
죽을힘으로 살아도 결국
죽음은 오는 것

밤마다 밝혀 기도하던
어미의 정한수 앞 촛불처럼 생은
간절하게 흐느적거리며
녹아내리지

눈썹에 맞지 않게 너무 순한 눈
매부리코에 툭 튀어나온 광대
날카로운 눈에 앙다문 입술 동글동글한 코

얼굴을 갖고 태어나
누군가는 울상을 짓고
누군가는 간사한 상을 짓고
누군가는 돈이 새나가는 상을 짓다가

때로 한숨 앞에서도 미력하게 꺼질
타다가 사라지는 일생들

누군가의 부음을 듣고 바로 울 수도 있는 자리를 내준 채
봉투에 넣을 지폐의 종류를 생각하다가
결국 세상은 사람들이 돌아가고
죽은 사람들로 돌아간다는 생각

죽은 얼굴들이 둥둥 떠다니는데, 그러니까
아마도 다음 생에서
우리는 누군가의 전생 그러니까 지금 우리는
다른 눈과 코 사람을 입고 태어나
간절하게 흐느적거린다

그림자처럼 한 번도 떠나지 않은 얼굴이 둥둥 떠서
자신의 영정사진을 마주한 것처럼
울 수도 웃을 수도 없는 그런 자리에서

겟세마네 동산의 기도

떡밥을 덥석 문 잉어
치통처럼 끈질기게 파고드는
미늘

눈물이
낚시꾼의 마음을 움직였나?

다왔다갔나

무덤처럼

혹은,
결혼처럼

유예

냉장고에 가지런한 여러 종류의 김치들처럼
맛이 달라도 취향대로 분류할 수 없는 것이 있다

우리는 부패를 뒤로 미루는 역사의 시간을 걸어왔고
미룰 대로 미룬 상처는 냉장고 속에서도 곪아 터진다
는 것을
경험을 통해 안다

한 달 후 찾아오는 카드결제일처럼
우리는 태어난 순간 찾아올 죽음을 유예하며 지난다
그러니
이 미칠 것 같은 여름밤들을 어떻게 견뎠을까

오늘 일을 내일로,
내일 일을 그다음 날로 미루며

냉장고에 넣어 둔 방부제 같은 밤을 어떻게 지나왔을
까

부고만큼 믿기지 않는 소식도 없어
영면에 든 자의 소식을 전달한 이의 살아 있는 슬픔을
가만히 꺼내 읽는다

도저히 밥이 목구멍으로 넘어갈 것 같지 않은 심정으
로
슬픔을 삽관하듯

살아 있는 오늘을 입속에 넣는다
분류할 수 없는 감정을 섞어 우물거리며

오늘의 감정을 내일로
내일의 것을 그다음 날로 미루며 곪아 터지기 전까지
꾸역꾸역

부정맥

심장박동이 느껴지는 날엔
번역이 잘못된 책을 읽는다

오래전 아버지가 할부장수에게서 사 준 그 책들은 이
미 책장 사이가 갈라지고 색이 바랬다

불규칙적인 건 그 속에 가득해서
잠시 심장 따위는 제쳐 두게 된다

타자기를 두들기던 손이 있었겠지
컴퓨터로 모든 작업을 마무리하는 시대에 아날로그적
조판이 살아 있는 책장을 넘긴다는 건

타타다다다다다닥
두벌식 타자기
타자 수업이 있는 날 여상의 교실에선
오로지 종이 위를 날아다니는 소리들 오타처럼
자판 위를 춤추던

어린 손가락들이 있었지
여기 잘못 온 걸까?
그 경쾌한 소리들은 싱크가 맞지 않는 영화처럼 후,다
다닥

불규칙한 문법의 세계에서
규칙적으로 배열된 글자들을 보는 것은
군데군데 어머니가 남긴 뜨거운 냄비의 흔적을 보는
일

그을린 냄비 자국 사이로 드러나는 소년소녀
세계문학전집

이국의 땅에 잘못 정착한 이방인처럼
글자들을 전신으로 이루는 비문들처럼

왜 뜨거운 것은 언제나 서툴고
두근거릴까

번역이 잘못된 책을 읽으며
불규칙하게 울리는 심장에 손을 얹는다

타탁,다,다다닥
심박이 공중으로 흩어진다

이 책을 읽은 소년소녀들이 이제는
세상에서 해석되지 못한다

히스토리

연민이 휘청거렸다
섭씨 40도에 축 처진 개의 혓바닥 같았다

무너지는 모든 것들은
처음에는 환호로
막장에는 원점으로 돌아갔다

연행의 기술

오늘은 피로 낭자한
시를 쓴다
피 한 방울 안 묻히고
살인도 할 수 있는
청부시를

썩어문드러진 시간이
문둥병처럼 잘리는 걸
바라보는 당신

웃고 있다
웃는 줄도 모르고 웃는
불에 타는 밀랍인형

피 없이 혁명도 이룰 수 있는
쓰디쓴,
자가분열의 시

사상이 불완전한 세계에서
복제되는 줄도 모르고 복제되는

나는 발바닥을 간질이는
고문을 당한 적이 있다

간단

너무 많은 생각들이 있다, 라고 썼다가
잡생각이 많다로 바꿔 쓴다

아주 오래되어 지워지지 않는 얼룩이라 어디가 근원인
지 알 수 없는 생각처럼 수식어를 덕지덕지 단 채로 살
았다

과거의 상념들이 쉬지 않고 마음속을 휘젓는 동안
나는 검은 차 한 잔에 설탕 조각을 넣는다

너무 오랜 세월을 수식어 뒤에 숨어 살았다는 생각이
불현듯 든다

우유 성분으로 만든 비누로 얼굴을 씻고
청정 지역에서 방목된 소의 젖으로 만든 화장품을 쓴
다
버터가 함유된 빵 위에 치즈 한 조각을 얹어 오븐에
굽고 커피와 하얀 크림을 섞어 아침식사를 한다

내 생활의 8할은 소로 이루어진다
우우— 바람이 불 때마다 그 속으로 들어가고 싶다

우우— 소처럼 평온한 삶을 살고 싶다고 말하다가
소처럼 평온하게 살고 싶다고 바꿔 말한다

고양이 밥그릇에 사료를 부어 주다 말고 문득 뒷면의
성분표를 본다
오리와 닭과 연어와 고등어에 대해 발음해 본다

따뜻한 살의 촉감이 그 말에 배어 있다

현관문을 나서기까지 소의 거죽을 덧댄 가방을 메고
구두를 신는다
지난 생일 선물로 받은 가죽 키홀더가 부드럽게 손에
닿는다

우우— 차에 시동을 건다
소처럼 순한 눈을 갖고 싶다고 생각했다가
소처럼 눈이 순해지고 싶다고 바꿔 생각한다

아주 오래된 감촉이 일어선다
순하고 평온한 삶이 우우— 곤두선다

나의 8할은 살육으로 이루어진다
맞아 죽을 때까지 사람에게 꼬리를 흔들던 개를 생각
한다
깊이를 알 수 없는 너의 눈을 나는 찔렀다

아주 평온하게, 차가 포장된 도로 위를 달린다

우우— 한 떼의 비명이 지나가고
구름이 몰고 온 바람이 가슴을 통과한다

나에게는 간단한 말들이 있다라고 썼다가

간단하게 말해서로 바꿔 쓴다

생물

세월이 나고 든 자리
어쩔 수 없다 했다

잠깐 앉았다 일어섰을 뿐인데
바지는 시간을 주름 속에 가둔다

양수가 터지듯
졸고 있는 입가에 하얀 침이 번진다

살아 있는 것이라 했다, 고작
지껄여 두고 보는 게 맞다고 했다
그립지 않게, 조금씩 저물고 있다 했다
해묵어 비릿한 여인의
굳은살 같은 시간

태어나 단 한 번도
싱싱한 적 없었다는, 그 말

좌판에서 썩어 갈 운명은 누구의 것인가
푸른 바다에서 유영했던 기억 위로
고등어의 등에 꾸덕꾸덕 달라붙는 파리 떼

정오의 침묵 속에서
태양이 들큰하게 삭고 있다

어둠의 속도

낮술을 마실 땐 더딘 것
그러나 두 마리 고양이에겐 약한 것

하나에게 배를
하나에게 다리를 내어 주고
잠깐 눈을 붙였을 뿐인데

밖이 검다

머리채 총총 말고
허기를 달랜 라면이
속에서 길게 익는지
입속이 짜다

애인의 연락은 그 짠맛을 되새기며 기다리는 것
광고 문자는 혹여나, 하는 기다림을 대신하는 것
화장품, 백화점, 구두, 네일아트, 미용실……
너도 나도 반값 할인

할인이 있다는 말은 그만큼
서로를 쥐어짜고 있다는 것 혹은
서로를 믿지 않겠다는 것

애인의 지갑이 더 이상 쉽게 열리지 않을 때 속도 저
편을 의심하듯
이럴 때 가격표는 할인율의 기준이 되기 위해 붙는다

정오의 그림자를 감추는 것도, 빛이 아니라
어둠이다

녹아내리는 아이스크림을 연신 빨아 대는 아이의
혓바닥처럼 여름은
안간힘을 다해 정오를 버티고 있을 뿐

모히토

갑자기 피가 방향을 바꾸듯

구월의 바람이 불었다

눈을 감았다

떴다

삶의 한 축이

쌉쌀하게

목에 걸렸다

그 틈을 타고

구월의 바람이

방향을 바꾸었다

아릿아릿, 피가

기분 좋게

혈관에 넘쳤다 시큼,

눈을 감았다

건너편 방앗간에서 깨를 볶는 시간이었다

참깨와 라임향이 섞이고

혼미해졌다

구름과 구름이 합쳐지듯 여전,

삶의 한 축이

그렇게 지나가는 중이었다

4부

하우스 오브 카드

손 안 대고 코를 풀 방법을 찾느라
코가 흐르는 것도 까맣게 모르고

이사 가서 쓸 세탁기를 고르느라
빨래가 쌓인 것도 잊어버려

이제는 더 이상 시를 못 쓸 것 같다고 말하다가
어느새 시가 오는 것도 잊은 채 그만

아아, 가습기를 선물한 남자애를 좋아했네
비 오는 줄도 모르고
창문을 꼭꼭 닫아 둔 채

불구하고

한쪽 다리가 짧은
당신은
의자 같았지

삐거덕거렸지
처음부터

거지처럼
체온을 구걸했지

백발의 노인과 소녀의 순정
만날 수 없는 평행선처럼

절박했지

중심을 잃고
휘청거렸지

내려다보면 언제나
절벽이었지

아이러니

움막을 짓고 왕궁이라 이름 붙였다

천민으로 태어난 딸을 공주라 불렀다

바람의 말이 들리지 않았다

무도회장의 숙련된 춤꾼들처럼

목소리는 필요 없지

정해진 스텝에 맞춰

눈을 마주 보지 마

파란 눈동자가 뜨는 밤이면 신데렐라의 마차에 오를 지도 몰라

너무 늦게 도착할지도 몰라

호박으로 만든 마차에 올라 왕자의 손을 잡았다

조금의 세계가 열렸다

가까워진 만큼 빠르게

흔들리지 마

균열을 단정하게 세워야지

움막 속에 왕궁을 지었다

공주가 자라 바닷속 거품이 되었다

자고, 눈뜨고, 느끼고.

생이 너무 단조로워

잘 지내냐고 묻지 않는 애인에게
키스를 했다

물 위로 떠오른 사체를 본 적 있니?

매연 가득한 도로에서 휘발휘발 아카시아 냄새가 떠오르듯

떠밀려 오는 것은 언제나 수상하지

비 온 뒤 자라난 쑥처럼 그것은 쉽게 전염되어 무성해지는 것

중금속 사이를 가볍게 떠다닐 수 있다면 어디든 따라오는 것들에 대해 노래할 수 있을 텐데

해와 달의 위치로 길을 찾아 떠날 수 있느냐고

어젯밤, 당신이 물었지

나침반은 이미 가던 길 택시에 두고 내렸어

방향이

자꾸만

나를

따라와

극으로

잡아당기지만

않,

는,

다,

면.

나는 대답 대신

잘 지내냐고 묻지 않는 애인에게 키스를 했다

눅눅한 감자칩과 쓰고 난 콘돔에 대해

애인을 끌어안으면
타다 만 자작나무의 감촉이 몸에 남았다

애인의 냄새는 꺼끌하고 부드럽고 뭉개지는 기록

이를 닦다가도 우리는 곧잘 서로를 끌어안았지
입에 물고 있던 거품처럼
우리는 쉽게 허물어지는 약을 삼켰다

그날의 자작나무엔 내가 자라고

타다 만 애인의 몸이
비 온 뒤 잡초처럼
일어나

여름날
지천에 널린 것
무심하게 떠다니는 것

그것은 어떤 저주처럼 무성하다

그런 날이면 깊은 곳에서 치통이 올라왔다
잇몸에 뿌리를 내리고
전복하는 것
떨리는 것

타닥타닥
치통처럼 리듬을 타고
혀끝까지 퍼지는 피의 맛

세상의 모든 수분을 흡수한 채 서서히 시들어 가는 비
릿한

그리고 애인을 끌어안으면
우리는 입에 문 거품처럼 쉽게 섞이고

물로써 풀어지는 한 알의 환(丸)처럼

#
잘못 내려진 처방
먹느니만 못한 독이었습니다
도루를 멋지게 성공시킨 1번 타자의 슬라이딩처럼
0.1초의 절박함으로 당신 앞에 미끄러졌던 건
물로써 풀어지는 한 알의 환(丸)
처음부터 형태는 없었습니다
환(丸)은 환(幻)이었습니다
생(生)은 생(省)이었습니다

#
변방에 서더라도 중심은 있습니다
9회말 투아웃 만루의 상황에서
대타와 구원투수의 아득한 시간
슬로모션으로 날아가는 한 마리 丸이여
변방에 날개를 달아 준 자 누구입니까
터진 함성의 한가운데서
나는 던지지 못한 고백이었습니다

\#

세상 모든 것들이여
건강해 주십시오

환(丸)은 환(幻)으로
생(生)은 생(省)으로
당신의 안부가 궁금하지 않을 때까지 나의
변방에 날개를 달아 주십시오

그렇게 경건해 주십시오

스모그적으로

하체를 파스텔톤으로 뭉개고
스모그, 스모그
발음해 보는 아침

나는 당신의 어깨에 올라타고

우리는 사막에서 키스를 했지

스모그, 스모그
강렬하지 않게

주먹에 힘이 들어가지 않아 스르르
모래처럼

서로의 치아 사이를 빠져나가는

나는 당신의 어깨에 기대
바람이 모래의 길을 없애는 걸 바라보았다

바뀐 풍경 사이로
바람이 낳은 아이들이 쏟아졌지

지나온 발자국은 모두 지워졌어

스모그의 성에서 우리는
파스텔톤으로 힘을 잃지

서서히 서서히 아이들은 자라고
모래를 씹으며 우리는
바람이 지우는 풍경을 쉽게 잊어버리지

우리가 바라본 것이 무엇인지도 모른 채

분자요리

하얀 식탁보 위에 나란히 죽음을 정렬한다

너무 많은 죽음들이 내 앞에 할당되어 있다
수의를 갈아입기도 채 전에
다음 죽음이 당도한다

비명과 난도와 도륙과 마지막 울음까지 그러모아
부글부글 끓여 물을 붓고 휘젓는다

마법사의 아침식사처럼 안개에 싸인 레시피를
순서대로 뒤죽박죽 섞는다

모든 것이 용해된 후 욕망을 닮은 몇 점의
덩어리가 탄생하고
입에 담을 수 없는 말들을 입속으로 가져간다

부드럽게 혀끝을 마지막 울음이 지나간다
연기처럼 묘연하게

이전에 맛본 적 있었던 듯 없었던 듯 새로운
부드러움의 끝을 휘휘 저으며
저만치 덩어리진 것들이 입안에 탱글하게 감긴다

우리는 우아하게 냅킨을 목에 두르고
하얀 식탁보 위에서

사르르 태아의 웅크린 자세로 접시 위에 놓인 것들
다음 죽음이 당도하기도 전에 혀가 녹아내린다

우주로 날아간 공에 대하여

우리가 길에서 만났다는 사실은 제외하기로 하자
고통은 돋아나는 소름 같은 것이어서
나는 자꾸만 가슴을 쓸어내렸다

감정은 표면이 거칠다
고통이 밀고 들어오는 시간을 늦춰 주는 것이다

서서히, 가슴을 쓸어내리던 손이 느슨해진다

그러니 아주 행복했던 시절의 기억을 제하기로 하자
유년은 너무 빨리 녹아 버린 눈 같은 것이어서 나는
자꾸만 손바닥을 주억거렸다
행복했던 기억이 있었다고 믿어도 좋은 것이다

서서히, 손의 감각이 풀어진다

얼어붙은 것들에 대해 이야기하지 말기로 하자
감각 없는 손은 고통을 알지 못하기 때문

고통을 느끼지 않는 사람은 이미 미끈한 고통의 중심
에 있기 때문

　온통 울퉁불퉁한 사상 속에서 마음을
　쓰다듬는 것들에 대해
　끌어안지 못했던 열정들에 대해

　이야기하지 말기로 하자
　고통의 질량은 언제나 같기 때문

　블랙홀은 내부의 따스함으로 타오른다
　하지만 결국 그 따스함 때문에 붕괴한다[*]

* 레너드 서스킨드, 『블랙홀 전쟁』 중.

신화적으로

어디 아픈 곳도 없는데
어디 안 아픈 곳이 없어

온몸 구석구석 세포들이 재배열되는 것 같은 느낌에
잠을 잘 수도 일어날 수도 없지

사흘 밤낮을 기도하듯 웅크린 채 누워 있으면
땀으로 얼룩진 침상에 꽃처럼 피어오르는 환영

신병이라도 앓는 듯 누군가 자꾸 찾아오지
온몸이 떨리고
나도 알아듣지 못할 말을 중얼거리지
꿈에서만 해석되는 언어로 대화를 나누지
한기가 일 때마다 누군가 내 몸에 들었다 나는 것 같지

잠에 든 적도 없는데 나날이 악몽이지
살을 섞은 적도 없는데 애인을 오래 끌어안은 듯 속이
쓰리지

누굴 만난 적도 없는데 군데군데 멍투성이지

사흘 밤낮을 자고 일어나면
다른 사람이 되어 있어야 하지

그래서 아픈 데도 없이
운명처럼 앓지

보스톤 블루스

불협화음으로 점철된 밤, 아름다웠다고 나는 쓴다 음악이 있는 밤, 희뿌연 드라이아이스 사이로 너의 손이 쉴 새 없이 건반을 두들겼지 너의 발은 리듬을 타전했지 무명의 시인이 흘린 담배 연기 같은 밤, 뉴올리언스에서 탄생한 서자 같은 음악, 악보 없이 악보를 연주하는 화성을 따르느라 불협화음을 익히는 밤 흔들리는 밤 불협이 화음이 되는 밤, 나는 너를 사랑했을 뿐, 리듬에 도취되는 과거형의 밤 금속과 나무의 밤 몸이 근질거리는 밤 피아니스트가 건반을 누를 때마다 젖꼭지가 팽창하는 밤 네가 물었던 수많은 밤 종유석처럼 자라난 너를 보내던 밤 음악이 자꾸 과거가 되던 밤 그래도 사랑이었다고 쓰는 밤 모든 사랑은 쓰지 않은 악보 같다고 쓰는 밤 흔들리는 버스에 오른 듯, 사랑이 아름답다는, 화음을 불협으로 연주하던 그 밤

온칼로*

섬은 깨지기 쉬운 약속 같은 것

없는 것이 많을수록
우리는 느긋해졌지

천혜의 자연이라 불리던 것들

물
비옥한 땅
야자수
망고나무

아래
뒹굴던 시간

낮에는 바다의 물고기를 잡고
밤이면 별을 따며 망고를 먹던

신화를 까먹은 것에 대해
우리는 아무 말 하지 않았다

신화는 신화였을 뿐
건강한 세계에 대해 잊기로 한다

쉽게 부서지는 건 파도만이 아니야

망고의 화석을 보며
오래전 섬의 신화를 상상하고

벌거벗은 것 외에 아무것도
추억할 것은 없었지

추악한 건 깨지기 쉬운 약속이 모두 거둬 간 후

춥지 않기 위해 우리는 다만
서로를 끌어안았다

* 핀란드어로 '숨겨진 곳'이라는 뜻. 핀란드에 건설 중인 세계 최초 고준위 핵폐기장의 이름이기도 하다.

나는 이제 새로운 허무에 대해 말할 것이다

위태로운 사랑이 지나고
저 건너에 당신이 서 있다
검은 실루엣으로

웅크린 등
그토록 넓었던 너의 등이
노인의 그것처럼 쪼그라드는 것을 본다

불구(不具, 不拘)하기

함성호(시인)

쓴다는 것은 무엇일까? 마음이 어디에 있는지 모르지만 마음이 일어날 때, 그것을 적겠다고 잡는 사람은 곧 문자라는 매개를 이용해 마음을 누구나 알 수 있는 문장으로 드러낸다. 이 과정에서 마음은 문자라는 매개를 통해 어느 정도 걸러지고, 그것이 문장으로 만들어질 때 문법에 의해서 다시 제거되는 부분이 생기게 된다. 현세적인 중국인들은 마음이라는 말보다는 손에 잡히는 '상상(想像)'이라는 말로 문자 이전을 그려 냈다. '코끼리를 생각한다'는 말인데, 그 생각(想)이라는 글자에 마음(心)이 들어가 있는 건 우리와 마찬가지다. 아주 오래전 황하 유역에는 코끼리가 살았던 모양이다. 상나라 때의 상준(象尊, 제사용 그릇으로 코끼리 모양을 한 술잔)은 코끼리 모양을 정확하게 재현하고 있지만, 주나라에 오면 그 모양이 긴 코만 빼면 돼지

133

에 가깝다. 그로 미루어 코끼리는 주나라 때 이미 중원에서 사라진 듯하며, 그 후 전국시대에 황하 언저리에서 뼈만 나뒹굴고 있었던 모양이다. 사람들은 괴상한 어금니와 커다란 뼈를 남긴 동물에 대해 그 모양을 생각했다(見骨想象). 그러니까 중국의 '마음'은 (손에 잡히는) 대상의 관찰로부터 출발한다는 것을 명확히 하고 있다. 그에 비해 우리의 '마음'은 갈피가 없다. 그것이 손에 잡히는 대상에서 오는 수도 있지만 불현듯 오는(어디서부터 오는지 모를) 것까지도 끌어안는다.

다시, 쓴다는 것은 무엇인가? 그것은 마음과 문장을 이어 주는 행위다. 그러나 일어나는 마음과 적히는 글은 일대일 대응되지 않는다. 만약 문장 기계가 있어 그것이 가능하다면, 우리는 이 기계를 어떻게 완벽하게 만들 수 있을까? 먼저 요구되는 것은 마음에 있는 복잡한 연결망을 문장 기계가 완벽하게 반영할 수 있어야 한다는 것이다. 그러기 위해서는 마음에 대한 정의가 내려져야 하고, 문장 기계는 '어떤 마음' 이외의 것을 모두 소거해 낼 수 있어야 한다. 과연 문장 기계가 이러한 '참진술'을 만들어 낼 수 있을까?

수학자이자 작가인 루디 러커는 이와 관련한 재밌는 이야기를 전하고 있다. 로마에 있는 어느 교회에는 거대한 돌 원반이 세워져 있다고 한다. 이 돌 원반에는 덥수룩하게 수염을 기른 사람의 얼굴이 조각되어 있는데, 그의 좁고 긴 입은 허리 높이에 있었다. 전설에 따르면 누구든지 한 손을 그 입에 집어넣고 거짓말을 하는 자는 다시는 그 손을 빼낼 수 없다. 러커는 교회에 가서 자기의 손을 그 입에 집어넣고 다음과 같이 말했다. "나는 나의 손을 다시는 빼낼 수 없을 것이다." 러커의 손은 멀쩡했고 그는 유유히 교회를 걸어 나갔다. 러커의 손이 멀쩡했다는 것은 그의 진술이 참이기 때문이다. 그러나 그의 진술이 참이라면 그의 손은 영원히 돌 원반에 갇혀 있어야 했다. 그 스스로 진술을 통해 자기는 거짓말쟁이라는 걸 고백했잖은가? 어떻게 이런 모순이 가능한 것일까? 우리는 그 질문을 하기 전에 우리가 사는 세계야말로 그러한 모순으로 이루어졌다는 것을 인정해야 한다.

우리는 우리가 모르는 것에 대해 흔히 지적인 태만이 이유라고 생각한다. 그러나 우리가 사는 세계는 합리적이고 논증 가능한 방정식 위에 세워진 세계가 아니라 모순의 방정식 위에 세워져 있는지도 모른다. 지식의 세계는 이상한 기하학적 모순을 갖고 있다. 모르는 집합에서 앎의 부분이 점점 많아지면 당연히 모르는 부분은 적어져야 한다. 그러나 실제로 우리는 알면 알수록 모르는 부분도 점점 커지는 경험을 한다. 이상한 일이 아닐 수 없다. 이런 점들을 감안해 보면, '인간 게놈 프로젝트'의 종료 선언은 다분히 임의적인 선언에 지나지 않는다. 인간의 유전자지도가 완성되었지만 그 결과 우리는 더 꼬여 있는 미궁에 빠져 버렸다. 유전자지도를 완성하면 인간의 장기와 신체가 어디서 생기는지 자세하게 알게 되리라던 기대는, 그 결과 유전자 간의 복잡한 상호작용이 어떻게 이루어지는지 알 수 없다는 문제에 빠져 버렸다. 이는 유전자 치료에 대해서도 심각한 회의를 낳았다. 몇 개의 유전자 기능을 알았다고 해서 다양한 유전자와 환경의 복합적 작용으로 발생하는 질병을 치료할 수 있다고 말할 수 없게 된 것이다.

그렇다고 우리가 세계에 대해서 침묵으로 일관할 수 있는가? 그것도 불가능하다. 그것이 불가능하다는 것은 앎을 통해서가 아니라 저 수많은 고귀하고 소중한 실패를 통해서 그렇다. "말할 수 없는 것에 대해서는 침묵해야 한다"는 비트겐슈타인의 말도 옳지만, "모호한 것은 모호한 것을 통해서, 애매한 것은 애매한 것을 통해서" 설명하는 연금술의 방법도 있다. 선(禪)의 방법도 있을 것이다. 그러나 신혜정은 말에 대해 보다 확고한 태도를 지니고 있다. 전 시집 『라면의 정치학』에서 보여 준 문명에 대한 비판 의식은 이번 시집 『여전히 음악처럼 흐르는』에서도 여전하다. 그에게 말은 세계와 일대일 대응 관계에 있다. 하나의 말은 하나의 사건과 결부되어 있다. 그 빼도 박도 못하는 '쓰기의 사태'에서 신혜정은 마치 날아가는 화살을 따라가서 거기에 과녁을 그리려는 사람 같다. 당연히 화살이 과녁을 맞혀야 하지만 그에게 그런 우연은 너무 위태로운 걸까? 그의 이런 단선적인 구도가 그의 시에 대한 많은 호불호를 낳은 것도 사실이다. 그러나 세계를 재구성하려는 자는 먼저 '세계가 왜 이렇게 불확실한 것투성인가?'란 질문을 해야 한다. 그 불확실한 것을 확실한 것으로 만들려는 (헛된) 노력 없이 어떤 세계도 자신의 비밀을 보여 주지 않는다. 파랑새가 집 안에 있다는 것이 중요한 게 아니라, 그것이 나중에 밝혀지더라도 우리는 일단 길을 나서야 한다. 그래야 파랑새가 집에 있는 의미를 알게 된다. 신혜정은 이 병든 세계(세계는 항상 언어로 병들어 있고, 언어 때문에 병들어 있다)를 치유할 언어를 찾기 위해 '마땅히 그러한 것들(所當然之則)'을 통해 '그렇게 된 까닭(所以然之故)'을 살핀다.

소당연(所當然)과 소이연(所以然)

성리학(性理學)에서 '마땅히 그러한 것'과 '그렇게 된 까닭'은 이(理)의 두 가지 측면이다. 이 둘은 나뉘지 못한다. '마땅히 그러한 것'은 사물의 윤리적 측면이자, 자연의 원리다. 때에 따라서 '그렇게 된 까닭'을 자연의 원리로, '마땅히 그러한 것'을 윤리의 구성으로 나누기도 하지만, '마땅히 그러한 것'은 일정한 법칙이나 원리로 작용하여 거기에는 자연의 원리와 윤리의 구성이 같이 있다. 아이가 우물에 빠지려고 하는 것을 보고 몸을 일으켜 구하려는 것은 인간이라면 마땅히 그러한 것이다. 동시에 거기에는 아이가 우물에 빠지려는 것을 보고 가만있으면 안 된다는 윤리가 작동한다. 인간으로서 마땅히 해야 하는 행위와 그 행위에 대한 윤리가 동시에 있는 것이다. '그렇게 된 까닭'은 '마땅히 그러한 것'의 근본적인 이유를 찾는 것이다. 과학적 사실과 윤리적 의미를 분리해서 생각하는 서구와 달리 성리학은 그 둘을 동시에 생각한다. 수백 년간 성리학의 사고 구조 속에서 살아온 탓으로 이러한 영향은 오늘날의 우리에게도 남아 있어 우리는 과학적 사실을 단지 사실로만 받아들이지 않고 그것을 왕왕 생의 의미나 삶의 사유에까지 연결시켜서 생각하는 경향이 있다.

신혜정의 시는 '마땅히 그러한 것'이 지켜지지 않는 데 대한 놀라움으로부터 시작한다. "어떻게 그럴 수 있지?" 하는 놀라움이 언어 속에 가려져서 그렇지, 그의 시는 이 어이없음에서 불꽃이 튄다. 따라서 그의 시는 시적 놀라움, 경이, 지경을 열어 보이지 않는다. 오히려 그것들은 시에서 마치 치부인 양 꼭꼭 숨겨져 있다. 시인은 비명을 지르는 자이다. 그러나 신혜정의 비명은 삼켜진다. 비명을 삼키고 그는 태연하게 '마땅히 그러한 것'의 자연의 원리를 서구의 과학적 이론들로 대비시킨다. 물론 여기에 비명을 삼킨 윤리의 잣대도 같이 삼켜져 있음은 물론이다. 커다란 자[尺]가 그의 식도 안에 잠겨 있다. 그래서 그 어느 것 하나 제대로 된 소리가 되어 나오지 못하는 시. 그것이 신혜정의 시다.

이, 잘 들리지 않을 만큼 낮은 신음으로 불리는 시의 연유는 어찌 된 걸까? 그것은 자연의 원리와 윤리의 구성이 반드시 '마땅히 그러한 것'으로 결정되지 않는 세계의 모순에서 기인한다. 시인이 '그렇게 된 까닭'을 생각할 때, 언어는 얼마나 무기력한 것이었을까? 앞서도 얘기했지만 날아가는 화살을 쫓아가 그 앞에 과녁이라도 그려 넣고 싶은 심정이었을 것이다. 그 지점에서 시인은 식도 안에 든 자[尺]를 삼킬 수밖에 없다. 칼을 삼키는 마술에서 가장 중요한 것은 목의 각도를 잘 조정해서 식도를 일자로 만드는 데 있다. 마땅히 그래야 칼이 식도를 베지 않고 무사히 빠져나온다. 신혜정이 삼킨 자[尺]가 때로는 칼이라면 그 칼은 말을 자르는 칼일 것이다. 결국 그는 마땅치 않는 세계를 끌어안을 수밖에 없는 운명에 처한다.

지워 나가기

그렇다면 어떻게 그 칼을 꺼낼 것인가? 삼킨 칼은 다시는 입 밖으로 꺼낼 수 없다고 할 때 칼을 꺼내는 것은 수학적으로 위상을 도치시키든가, 아니면 나를 지우는 방법밖에 없다. 그래서 칼을 꺼냈다 치자. 그러면 우리는 그 칼을 가지고 과연 무엇을 할 수 있을까? 그렇다 하더라도 우리가 할 수 있는 일은 집 안에 있는 파랑새를 찾아 길을 나서듯이 칼을 꺼내는 일에 골몰하는 것이다. 더군다나 신혜정은 이 칼로 세계(언어)를 재단하고 싶어 한다. 당연히 찾아야 할 이유가 있다. 설사 자크 데리다의 말처럼 이러하다 할지라도.

언어체계에는 차이만 존재하며 바로 이 차이의 놀이에 의해 종합과 연장이 이루어진다. 그리하여 단 한 순간도, 단 한 번만이라도 그 자체로 의미를 갖는 언어 요소는 없게 된다. 글로 된 담론이든 말로 된 담론이든 그 어떤 요소도 실재하지 않는 다른 요소와 관계를 맺지 않고는 기호로서 기능을 발휘할 수가 없다. 이러한 연결관계로 인해 우리는 각 요소는 그 안에 있는 다른 요소의 흔적과 관련될 때에만 언어 단위로 구성될 수 있음을 알 수 있다. 이러한 연결관계 혹은 직조가 바로 텍스트이며, 이 텍스트는 다른 텍스트의 변형을 통해서만 생산된다. 그러니 요소 속의, 혹은 체계 속의 그 어느 곳에도 실재하거나 부재하는 것은 없다. 오직 차이와 차이의 흔적만 있는 것이다.

그 길은 또 화이트헤드가 가시덤불을 예고한 길이기도 하다.

지난 수 세기 동안 철학적 저서들을 사로잡아 온 잘못된 관념은 '독립된 실체'가 있다는 믿음이었다. 그러나 이런 존

재 양태는 없다. 모든 실재는 우주의 나머지 것들과 함께 짜여진다는 관점에서만 이해될 수 있다.

그 길에서 돌아와도 칼은 여전히 우리의 식도에 꽂혀 있다. 몸도 지워지지 않았고, 변한 것은 숲을 헤메다 돌아왔다는 사실뿐이다. 신혜정의 시는 거기서부터 쓰인다. 쓰면서 지워 나간다.

어쩌자고 벌어진 그 입에 나를 담갔을까

달콤한 향기였나

고운 것엔 언제나 손이 간다 입에 넣고 싶다 달콤한 말들이 퍼지도록 오래오래 씹고 싶다

봄날의 꽃 같은 거였나 돌아보면 이미 지고 없는 바닥에 질겅질겅 밟히는 어쩌다 태어나 다음 생의 거름도 될 수 없는 청소부의 비질에 폐처분될 운명을 타고난, 꽃잎 같은 거였나

어쩌자고 벌어진 마음을 들여다봤을까, 목련이 진 자리

손을 뻗는 자리마다 바람의 살결이 닿는다

이미 봉합된 벌어진 살점

시간이 하나의 차원을 툭, 하고 뱉어 낸다
                                 −「껌을 씹는 오후 네 시」 전문

  신혜정이 말하고 싶은 것은 모두 다 그의 식도에 꽂혀
있다. 그가 쓰는 말은 그 주변에 흩어진 꽃잎 같은 것이다.
"청소부의 비질에 폐처분될 운명을 타고난" 말들은 신혜정
시를 구성하고 있는 대부분이다. 무언가를 말하지 않기 위
해서가 아니라 무언가를 말하기 위해 신혜정은 자신의 말
을 지워 나간다. 정작 발화되는 그 말은, 자신이 가 꽂히
고 싶은 과녁이 아니라 그 과녁을 제외한 모든 부분이다.
가령 향기로운 과일로 가득한 가게에서 무얼 먹고 싶은가,
하는 물음에 바로 "사과"라고 말할 수 있다. 반대로 사과
만 말하지 않을 수 있다. 사과만 말하지 않는다면 나는 어
떻게 내가 먹고 싶은 게 사과라고 알릴 수 있겠는가. 그것
은 다른 과일들을 하나씩 제거하는 것이다. 물론 기하학
적 증명이 수와 식의 논리만으로 이루어져야 자로 재서
는 안 되듯이, 손으로 다른 과일들을 들어내서는 안 된다.
신혜정은 언어로 그것을 지운다. 다시 화이트헤드의 말을
상기해 보자. "모든 실재는 우주의 나머지 것들과 함께 짜
여진다."

불구하고

모로코의 시장에 가면 언제나 똑같은 의자를 가득 쌓아
놓고 파는 가게가 있다. 그 의자들은 높이가 한 자가 채
되지 않았는데 의자 다리의 네 길이가 저마다 달랐다. 막
만들어서 파는 의자라 그런가 보다 했는데 아니었다. 그
의자는 흙바닥에 놓고 쓰는 의자였다. 울퉁불퉁한 바닥에
놓고 이리저리 의자 다리를 돌려 가면 기우뚱거리지 않는
중심이 나왔다. 편평한 실내에서 쓰는 의자가 아니었다.
불구인 줄 알았는데 아니었다. 불구라면 그것의 쓰임새가
따로 있었던 것이다.

한쪽 다리가 짧은
당신은
의자 같았지

삐거덕거렸지
처음부터

거지처럼
체온을 구걸했지

백발의 노인과 소녀의 순정

만날 수 없는 평행선처럼

절박했지

중심을 잃고
휘청거렸지

내려다보면 언제나
절벽이었지

—「불구하고」 전문

만약 모로코 의자가 불구(不具)라면, 불구임에도 불구
(不拘)하고 그 쓰임새를 만들듯이, 이 시는 제목에 중의적
표현을 걸고 절망적인 내용으로 일관한다. 불구(不具)라면
그냥 막장이고, 불구(不拘)라면 튕겨오르는 고무공 같은
탄력이 느껴지기도 한다. 그런데 그 탄력은 생기가 아니
라 그저 물리적인 반응에 가깝다. 왜냐하면 그 탄력은 바
닥을 쳤다는 인식에서 비롯된 것이지, 희망의 빌미는 어디
에서도 보이지 않기 때문이다. 신혜정의 시는 절망적인 상
황과 마땅치 않은 현실에 대해 절대 우리를 위무하지 않는
다. 그렇다고 비관적이지도 않고, 그렇다고 감정을 절제한
객관적인 묘사만도 아니다. 비관적이지 않다는 것은 그가
철저히 자기 감정을 숨기고 있기 때문이고, 객관적인 묘사

만도 아닌 게, 거기서 그 감정을 뺀 감정의 나머지를 드러
내기 때문이다.

신혜정의 시는 불구하고 써진다. 어쩌면 그의 몸은 시
에 안 맞는지도 모른다. 그럼에도 불구하고 그는 시인이
고, 기표와 기의가 자의적 관계라는 걸 너무 잘 알고 있음
에도, 그럼에도 불구하고 그는 그 둘의 인과를 놓지 않는
다. 마땅히 그렇게 되지 않으리란 걸 아는데도 불구하고
'마땅히 그러한 것'을 계속 잡고 있다. 말로 말을 지워 나
가는 구차한 상태를 못 견딜 만한데도 불구하고 그는 정
작 해야 할 말을 자꾸 유보한다. 신혜정의 시는 시 자체가
아니라 시의 무대 뒤에서 벌어지는 이러한 행위를 읽어 가
야 한다. 시시포스가 왜 돌을 굴려 산 정상에 올려 놓는
일을 반복하는 벌을 받았는지는 아무도 모른다. 어떤 사
람들은 그가 신들의 비밀을 알았기 때문이라고도 하고,
어떤 사람들은 그가 여행자를 죽였기 때문이라고도 한다.
탄탈로스의 죄는 명확하다. 신들을 시험하기 위해 자신의
아들을 죽여 신들을 대접했던 그의 오만 때문이었다. 아
마도 서구인들은 신들을 놀리는 것은 괜찮아도 신을 시험
하는 일이나 친족 살해에는 꽤 민감했던 모양이다. 탄탈로
스에게 내려진 형벌은 머리 위쪽으로는 커다란 바위가 있
고, 풍성한 열매가 달린 과일 나무가 있는 강에서 무릎 정
도까지 몸을 담그고 서 있는 것이었다. 머리 위의 바위가
언제 떨어질지 몰라 늘 불안에 떨어야 했고, 목이 말라 물

을 마시려고 허리를 굽히면 바닥이 열려 물이 땅 밑으로 사라져 버렸다. 배가 고파 과일을 먹으려고 손을 뻗으면 어느새 바람이 불어와 나뭇가지를 하늘로 날려 보냈다. 탄탈로스는 눈앞에 마실 것과 먹을 것을 두고 영원히 마실 수도 먹을 수도 없었고, 늘 불안에 떨어야 했다. 허기와 갈증, 공포가 영겁을 두고 그를 괴롭혔다.

신혜정의 시는 시가 아니라 시의 형벌이다. 그는 시라는, 산정이 없는 곳에서 굴러떨어지는 돌을 계속 굴리며 오르고, 지워지지 않는 말을 계속해서 지워 나가야 한다. 그의 말이 향하는 모든 곳에서는 모든 것이 사라진다. 그 시의 허기, 갈증, 허무 속에서 그는 이 형벌을 다할 수 있을까? 그의 죄는? 아무도 모른다. 그럼에도 불구하고 그는……

> 위태로운 사랑이 지나고
> 저 건너에 당신이 서 있다
> 검은 실루엣으로
>
> 웅크린 등
> 그토록 넓었던 너의 등이
> 노인의 그것처럼 쪼그라드는 것을 본다
>   -「나는 이제 새로운 허무에 대해 말할 것이다」 전문

시인수첩 시인선 011

여전히 음악처럼 흐르는

ⓒ 신혜정, 2018

초판 1쇄 발행 2018년 4월 13일
초판 2쇄 발행 2019년 3월 13일

지은이 | 신혜정
발행인 | 강봉자·김은경

펴낸곳 | (주)문학수첩
주 소 | 경기도 파주시 문발로 214-12(문발동 511-2) 출판문화단지
전 화 | 031-955-4445(대표번호), 4500(편집부)
팩 스 | 031-955-4455
등 록 | 1991년 11월 27일 제16-482호

홈페이지 | www.moonhak.co.kr
블로그 | blog.naver.com/moonhak91
이메일 | moonhak@moonhak.co.kr

ISBN 978-89-8392-695-1 03810

「이 도서의 국립중앙도서관 출판예정도서목록(CIP)은 서지정보유통지원시스템
홈페이지(http://seoji.nl.go.kr)와 국가자료공동목록시스템(http://www.nl.go.kr/
kolisnet)에서 이용하실 수 있습니다.(CIP제어번호: CIP2018008958)」

• 파본은 구매처에서 바꾸어 드립니다.